BERT EN BART REDDEN DE WERELD

Alsjeblieft,

dit Kinderboekenweekgeschenk wordt je aangeboden door je boekverkoper.

Een uitgave van de Stichting Collectieve Propaganda van het Nederlandse Boek ter gelegenheid van de Kinderboekenweek 2011

Tjibbe Veldkamp

Met illustraties van Kees de Boer

Stichting Collectieve
Propaganda van het
Nederlandse Boek

Benny, Thijs, Tjitske en
alle Funnyfarmvrienden,
bedankt voor jullie hulp.
– Tjibbe & Kees

Productie: Uitgeverij Lemniscaat, Rotterdam
www.lemniscaat.nl
NUR 280
ISBN 978 90 5965 131 9
Dit boek is gedrukt op 100% chloorvrij
geproduceerd papier.

INHOUD

EVEN VOORSTELLEN

Dit zijn Bert en Bart...

... die zich verstoppen.

Heel leuk, jongens.

Laat dat voorstellen dan ook maar zitten.
Hier komt het verhaal.

1 Wapens

Bert en Bart waren jongens. Ze hielden van ruimtewezens. Ze hielden van schieten. En ze hielden van schieten op ruimtewezens die terugschoten.
Op een dag vond Bert een gootsteen-plopper.
Bart vond een oude stofzuigerbuis.
'Precies de wapens die we nodig hadden,' zei Bert.
'Anti-Zurgh-vernietigingswapens,' zei Bart.
Ze deden dat de Zurghs de aarde aanvielen en dat zij de aarde redden.

De moeder van Bert en Bart heette Viola Lentelied. Haar schoenen waren van bloemblaadjes en de vlinders waren haar vriendjes.
Die dag las Viola een boek.
'De jongens in dit boek zijn erg lief, vlindertjes,' zei ze toen ze het uit had.
'Ik ben benieuwd of *mijn* jongens vandaag net zo lief zijn.'

Viola huppelde de tuin in. Vreemde geluiden kwamen haar tegemoet. Toen ze Bert en Bart zag, bleef ze geschokt staan.

'Bert en Bart!' zei ze. 'Jullie waren toch niet aan het schieten?'
'Nee hoor,' zei Bert. 'We schoten niet.'
'We deden alsof,' legde Bart uit.
'Hoe je het ook noemt, lief was het niet,' zei Viola. 'En daarom is het nu afgelopen. Mag ik jullie wapens?'
'Maar dit is een gootsteen-plopper,' zei Bert.
'Niet in *jouw* handen,' zei Viola. Ze pakte de plopper af.
'Maar dit is een stofzuigerbuis,' protesteerde Bart.

'Zo klonk het anders niet!' Viola pakte ook Barts wapen af.
'Mam...' zei Bert.
'Heb je soms weer een boek gelezen?' vroeg Bart.
De jongens herinnerden zich nog goed de boeken die Viola eerder had gelezen: *Tafelmanieren Voor Jongens* en *Elke Dag Schone Sokken*. Die boeken hadden hun veel last bezorgd.
'Inderdaad,' zei Viola. 'Ik las dat jongens heel lief kunnen zijn. Soms wel net zo lief als hun moeder. Dus doe je best en verzin iets anders om te doen!' Ze draaide zich om en liep weg.
De wapens nam ze mee.
'Ik weet al iets anders om te doen,' zei Bert.
'Nieuwe wapens zoeken!' zei Bart.

2 Elfjes

Bert en Bart doorzochten het schuurtje.
Daar hadden ze eerder de gootsteen-plopper en de stofzuigerbuis gevonden.
Ze vonden nieuwe wapens. Ze probeerden ermee te schieten.

‘Onze oude wapens waren beter,’ zei Bert. ‘Laten we vragen of we ze terug mogen,’ zei Bart. ‘Misschien is mam dat liefdoe-gedoe alweer vergeten.’

'Iets zegt me dat we onze wapens niet terugkrijgen,' zei Bert.

'We kunnen het altijd vragen,' zei Bart.

Viola was aan het schilderen.
'Weet je wat lief zou zijn?' vroeg Bert.
'Maar dan ook echt superlief ?' vulde Bart aan.
'Wat dan, schatjes?' vroeg Viola.
'Als we onze spullen terug zouden mogen,' zei Bert.
'Goed idee!' zei Viola. 'Jullie krijgen je spullen terug. Maar alleen als jullie eerst laten zien dat jullie *lief* kunnen zijn.'
'Afgesproken!' riep Bert.

'Zeg maar wat we moeten doen!' riep Bart.
'Elfjes schilderen,' zei Viola. 'Daar wilde ik zelf ook net aan beginnen.'
Bert en Bart keken elkaar aan. Schilderen vonden ze best leuk. Maar elfjes?
'Moeten het per se elfjes zijn?' vroeg Bert.
'Natuurlijk!' zei Viola. 'Wanneer de mensen meer elfjes zouden schilderen, zou de wereld een lievere plek zijn! Dat stond in mijn boek.'
'Vooruit dan,' zeiden Bert en Bart.
Ze pakten elk een kwast en een stuk papier en begonnen te schilderen.

'Mijn schilderij is af,' zei Bert na een tijdje.
'Het mijne ook,' zei Bart.
'Goed zo, jongens,' zei Viola. 'Hebben jullie al een titel bedacht voor jullie schilderij? Het mijne heet *Elfentheevisite*.'
Ze stond op om de schilderijtjes van Bert en Bart te bekijken.
'Mijn schilderij heet *Elfenexplosie*,' zei Bert trots.

'En het mijne heet *De wraak van de zombie-elfjes,*' zei Bart.

'Vind je ze mooi, mam?' vroeg Bert.
'Jongens!' zuchtte Viola. 'Dit zijn geen lieve schilderijen. En jullie krijgen jullie spulletjes pas terug wanneer jullie iets *liefs* gedaan hebben.'
'Maar wat moeten we dan doen?' vroeg Bert.
Viola glimlachte. Ze pakte de gootsteen-plopper en de stofzuigerbuis en zei: 'Kom maar mee!'

3 De vlinderdans

Bert en Bart liepen achter Viola aan. Een tikje ongerust waren ze wel. Wat voor liefs had hun moeder nu weer bedacht?
Viola nam hen mee naar de bloemenweide. Er bloeiden honderden bloemen. Midden in de wei bleef Viola staan.
'Weet je wat voor liefs jullie moeten doen?' vroeg ze.
Bert en Bart schudden hun hoofd.

'De vlinderdans!' riep Viola uit. 'Ik zal het voordoen!'
Ze fladderde met haar armen alsof het vleugels waren. Daarbij hupte ze van bloem naar bloem. Haar vlindervriendjes dansten met haar mee.
Bert en Bart zagen het met afgrijzen aan. Ze wilden niet dansen. En ze wilden al helemáál niet dansen als een vlinder.
'Wanneer meer mensen de vlinderdans zouden doen, zou de wereld een lievere plek zijn!' riep Viola, die nog steeds door de wei fladderde. 'Dat stond in mijn boek. Zeg mij maar na! Ik ben een vlinder en de bloemen zijn mijn vriendjes!'
'Mam,' zei Bert, 'wij zijn niet van die dansers.'
'Moet dit echt?' vroeg Bart.
Viola stond stil. 'Nee hoor, het hoeft niet,' zei ze geruststellend.
Bert en Bart zuchtten opgelucht.

‘Maar dan hou ik jullie spulletjes,’ zei Viola.
‘Zelf weten!’ Ze danste naar het volgende bloempje.
‘We hebben al elfjes getekend,’ zei Bert.
‘Dus dit kan er ook nog wel bij,’ zei Bart.
De jongens haalden diep adem. Toen dansten ze achter Viola aan. Ze fladderden met hun armen.
‘Ik hoor jullie niet!’ riep Viola.
Bert en Bart mompelden iets wat niet goed te verstaan was. Misschien was het wel: ‘Ik ben een vlinder en de bloemen zijn mijn vriendjes.’

We zijn niet echt lief...
We willen onze wapens terug...

De vlinderdans duurde lang, want Viola sloeg geen bloempje over. En toen ze alle bloemen gehad had, danste ze verder langs het onkruid. Maar eindelijk waren ze uitgedanst.
'Mogen we nu onze spullen terug, mam?' hijgde Bert.
'Geen sprake van!' zei Viola.
'Maar we hebben toch de vlinderdans gedanst?' zei Bart.
Viola glimlachte. 'Jullie dansten wel, maar jullie keken er niet lief bij.'
'Maar je had niet gezegd dat dat moest,' protesteerde Bert.
'Dat doet er niet toe,' zei Viola. 'Maar vooruit. Omdat ik zelf zo lief ben, geef ik jullie nog één kans. De laatste!'
De jongens hadden het gevoel dat ze genoeg liefs gedaan hadden voor de komende tien à vijftien jaar. Maar ze wilden nu niet opgeven.
'Zeg het maar,' zei Bert dapper.
'Wat moeten we doen?' vroeg Bart.

Viola glimlachte hun lief toe. De rillingen liepen de jongens over de rug. Hun moeder had het ergste tot het laatst bewaard, dat was duidelijk.
'Kom maar mee,'
zei ze.

4 Boomknuffelen

Viola nam de jongens mee naar de boomgaard.
'Zien jullie deze prachtige bomen?' vroeg ze.
Bert en Bart knikten.
'Weet je wat jullie daarmee moeten doen?'
Bert en Bart schudden hun hoofd.
'Jullie moeten ze knuffelen!' riep Viola uit. Ze huppelde naar de eerste de beste boom toe en sloeg haar armen om de stam. 'Zoen ze! Omarm ze! Geef ze alle liefde die je in je hebt! Wanneer mensen vaker zouden boomknuffelen, zou de wereld een lievere plek zijn. Dat stond in mijn boek.'
Bert en Bart waren bleek geworden.
'Maar mam!' zei Bert. 'We zijn niet zo knuffelig.'
'Mogen we niet in de bomen *klimmen?*' vroeg Bart.
Hun moeder huppelde naar de volgende boom. Ze genoot.
'Natuurlijk mogen jullie in de bomen klimmen!' kraaide ze. 'Ga je gang! Maar dan blijven jullie spulletjes gezellig bij mij. Voor altijd en eeuwig!'

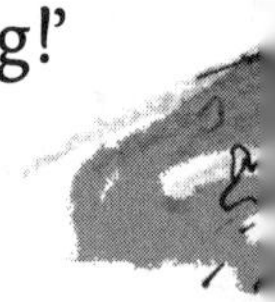

Naast Bert en Bart woonde Felicity. Ze was een meisje en iets ouder dan de jongens. Zojuist had ze het woord *knuffelen* opgevangen. Nu keek ze over de heg om te zien wie dat woord gebruikt had.
Viola huppelde intussen naar de volgende boom. 'Ik zie nog geen knuffels!' riep ze. 'Ik zie nog geen kusjes!'
Bert en Bart sjokten elk naar een boom. Met tegenzin sloegen ze hun armen om de stam.
'Ooh!' kirde Felicity. 'Jullie zijn schattig!'

‘Ook dat nog,’ kreunde Bert.
‘We zijn gezien!’ steunde Bart.
‘Ik wil ook best met jullie knuffelen, hoor!’ riep Felicity.
Bert en Bart werden nog bleker dan ze al waren.
‘Nee, dank je!’ riep Bert gauw.
‘Daar zijn we nog niet aan toe!’ riep Bart.
‘Dan kijk ik wel hoe jullie de bomen knuffelen,’ zei Felicity. ‘Wat een enig gezicht! Jullie zijn lieve jongens.’

Bert en Bart knuffelden bomen.
'Laten we een beetje overdrijven,' fluisterde Bert.
'Goed plan,' fluisterde Bart.
Na de eerste boom zagen de jongens er slapjes uit.
Na vijf bomen leken ze uitgeput. Hun handen beefden en hun ogen stonden wazig.

Na tien bomen konden Bert en Bart nauwelijks nog op hun benen staan. Ze wankelden naar de elfde boom toe, maar zakten halverwege door hun knieën.

'Tante Viola,' vroeg Felicity, 'gaat het wel goed met Bert en Bart?'
'Het gaat uitstekend met ze,' zei Viola. 'Het gaat fantastisch met ze! Het kan werkelijk niet beter!'
De jongens kropen intussen op handen en voeten verder. Maar zelfs daar waren ze te zwak voor, zo te zien. Ze zakten in elkaar en bleven stil liggen.
'Volgens mij zijn ze niet helemaal in orde,' zei Felicity bezorgd. 'Zal ik een dokter bellen?'
'Geen denken aan!' zei Viola. 'Wat weten dokters nou van lief doen? Alleen moeders hebben daar verstand van. De jongens moeten gewoon even wennen, dat is alles.'

Bert en Bart lagen bewegingloos in het gras. Viola was eigenlijk niet van plan geweest om hun de wapens terug te geven. Maar ineens kreeg ze een idee. Ze ging de wapens wel teruggeven. En als Bert en Bart dan *weer* gingen schieten – wat ze zeker zouden doen – kon zij ze opnieuw afpakken. Dat zou ze leren!
Uit een zak van haar jurk haalde Viola een parfumflesje. Ze spoot stiekem wat parfum op de gootsteen-plopper en de stofzuigerbuis.
En ze borg het flesje weer op.

'Zo is het genoeg, Bert en Bart,' zei ze toen.
'Jullie hebben laten zien dat jullie lief kunnen zijn. Ik ben heel erg trots op jullie!'
'Mogen we dan nu...' zei Bert zwakjes.

‘Onze spullen terug?’ fluisterde Bart.
‘Natuurlijk!’ zei Viola. ‘Dat hadden we toch afgesproken?’
Ze legde de gootsteen-plopper in Berts hand. En de stofzuigerbuis in die van Bart.
Zodra Bert en Bart hun spullen terug hadden, knapten ze verrassend snel op. De jongens sprongen overeind, dansten in het rond en zwaaiden uitgelaten met hun wapens. Het was een wonder! Als je niet beter wist, zou je denken dat hun al die tijd niks gemankeerd had.
Viola zag het glimlachend aan. ‘Ga maar lief spelen, schattepetoetjes van me,’ zei ze. ‘Maar goed onthouden: ik wil geen geschiet meer horen!’

5 Betrapt!

Bert en Bart slopen de trappen op naar zolder.
Ze deden het zolderluik achter zich dicht.
'Ze wil geen geschiet meer horen,' zei Bert.
'Dat zit wel goed,' zei Bart. 'Hier hoort ze ons niet. Waar waren we?'
Tevreden bekeken de jongens hun wapens.
'Mijn anti-Zurgh-vernietigingswapen had twee standen,' zei Bert. 'Stand één was vermorzelen. Stand twee was verpletteren. Dan kon je kiezen.'
'De mijne had ook twee standen,' zei Bart.
'Stand één was vernielen. En stand twee was vernietigen.'
'De Zurghs waren ons gevolgd!' riep Bert.
'Red de aarde!' riep Bart.

TAKKE
TAK!
PIEW
PIEPPIEW!

In de tuin spitste Viola haar oren.
'Ik ben benieuwd of mijn jongens nog wel even lief zijn als ik,' zei ze tegen de vlinders.
De vlinders fladderden opgewonden op en neer.
'Laten we maar eens goed luisteren,' zei Viola.
Ze draaide haar hoofd alle kanten op. Ze hoorde nergens schietgeluiden.
'En toch denk ik dat de jongens iets lawaaiigs aan het doen zijn!' zei Viola. 'Iets schieterigs! Iets niet-liefs! Die hardleerse mormels zijn vast aan het schieten op een geheime plek! Goed dat ik hun spulletjes een lekker geurtje heb gegeven!'
Viola haalde het parfumflesje weer tevoorschijn. Ze spoot wat parfum op haar hand en liet de vlinders eraan ruiken.
'Zoek!' beval ze.
Viola had de vlinders goed afgericht. Ze zwermden meteen in de richting van het huis.
Viola huppelde achter ze aan.
De vlinders vlogen naar binnen en fladderden alle trappen op, hoger en hoger, tot ze bij het zolderluik kwamen.
'Als ik het niet dacht!' fluisterde Viola.

Bert en Bart voerden juist een verrassings-aanval uit op de Zurghs, toen het zolderluik openzwaaide.
'Jongens!' riep Viola uit. 'Wat een enorme teleurstelling voor mij, jullie moeder!' Toch zag ze er niet erg teleurgesteld uit. Eerder triomfantelijk. 'Waren jullie nu alweer aan het schieten?'
'Nee hoor,' zei Bert. 'We schoten niet.'

‘We deden alsof,’ legde Bart uit.
‘Hoe je het ook noemt, het is nu afgelopen!’ zei Viola. ‘Vriendjes? Pak!’
De vlinders schoten op de gootsteen-plopper en de stofzuigerbuis af. Ze rukten ze uit de handen van Bert en Bart. En ze brachten ze naar Viola.
‘Zo,’ zei Viola tevreden. ‘Die zijn voortaan van mij. Dus verzin nu eindelijk iets anders om te doen!’
Ze verdween door het luik, met de gootsteen-plopper en stofzuigerbuis in haar hand. Haar vlindervriendjes dartelden achter haar aan.

Bert en Bart keken elkaar grimmig aan.
'Ik weet al iets anders,' zei Bert.
'Onze wapens terugstelen!' zei Bart. 'Vanaf nu is het oorlog.'
Bert en Bart slopen achter hun moeder aan de trappen af.
Viola huppelde naar beneden. Daar ging ze achter haar schildersezel zitten.
'Ik zie onze wapens niet meer,' fluisterde Bert.
'Ze kunnen niet ver weg zijn,' fluisterde Bart terug. 'Wacht hier.'

Hij haalde hun verrekijkers van hun kamer en gaf er een aan Bert.
'Zie je onze wapens al?' vroeg Bart.
'Nee, maar dit wordt een makkie!' fluisterde Bert. 'Ze let helemaal niet op.'
'Wat schildert ze eigenlijk?' vroeg Bart.
De jongens stelden hun verrekijkers scherp.

'Wat we nodig hebben,' zei Bert. 'Is een plan.'

6 Intussen in de ruimte

Intussen raasde in de ruimte een ruimteschip recht op de aarde af. Aan boord waren de Zurghs van de planeet Zurgh uit het verre sterrenstelsel Zurgh. De stemming onder de Zurghs was uitstekend. Vandaag was een grote dag.

De aanvoerder van de Zurghs was de gevreesde Zurgh Zargh.
'Mannen!' sprak hij. 'Vandaag gaan we de aarde vernietigen!'
'Joepie! Joepie!' riep de bemanning.
'Laad de speciale ruimtekanonnen!' beval Zurgh Zargh.
'De speciale ruimtekanonnen zijn geladen, o Zurgh Zargh!' antwoordde de bemanning.
'Richt de speciale ruimtekanonnen!' beval Zurgh Zargh.
'De speciale ruimtekanonnen zijn gericht, o Zurgh Zargh!' antwoordde de bemanning.

‘Klaar om te schieten?’ riep Zurgh Zargh. ‘Drie, twee, een...’
‘Wacht! Ho! Stop!’ riep een Zurgh met een koptelefoon op. ‘Ik vang een bericht op van de aarde! Bert en Bart hebben anti-Zurgh-vernietigingswapens!’

Zurgh Zargh riep meteen zijn belangrijkste generaals en wetenschappers bijeen.
'Generaals en wetenschappers!' zei hij. 'Wie zijn deze Bert en Bart?'
Een generaal stak zijn vinger op. 'Zij zijn die jongens met de anti-Zurgh-vernietigingswapens,' zei hij. 'Dat hoorde ik net.'
'Dat hoorde ik ook,' zei Zurgh Zargh. 'Maar wie zijn ze? En wat zijn dit voor wapens?'
'Dat weten we niet,' zeiden de generaals en wetenschappers. 'We bereiden onze aanval al jaren voor. Maar van deze jongens en deze wapens hebben we nog nooit gehoord.'
'En hoe gevaarlijk zijn deze wapens?' vroeg Zurgh Zargh.
'Dat weten we ook niet,' zeiden de generaals en wetenschappers. 'Maar anti-Zurgh-vernietigingswapens klinkt niet lief.'
'We nemen geen risico,' besloot Zurgh Zargh. 'We gaan hun anti-Zurgh-vernietigingswapens stelen. Daarna kunnen we de aarde veilig vernietigen. Maak het schip gereed om te landen!'

7 De Zurghs landen

Bert en Bart bedachten intussen manieren om hun wapens terug te stelen.

Bert en Bart hadden veel goede ideeën, dus het was lastig kiezen. Uiteindelijk voelden ze het meest voor plan S.P., want dat was een plan met een soort pistool. Als ze Viola daarmee zapten, kon ze een poosje niet bewegen.

'Uitstekend plan,' zei Bert.

'Briljant,' zei Bart.

'Nu alleen het zappistool nog,' zei Bert.

Op dat moment landde er een ruimteschip op hun huis. Het was precies het soort ruimteschip waarvan Bert en Bart altijd al hadden gehoopt dat het ooit op hun huis zou landen.

Onder in het schip ging een luik open. Er schoof een glijbaan uit. Gewapende ruimtewezens gleden naar buiten.

Aan het einde van de glijbaan buitelden de Zurghs over elkaar. Ze krabbelden overeind en gingen netjes staan.

'Wij zijn de Zurghs van de planeet Zurgh uit het verre sterrenstelsel Zurgh!' zei het ruimtewezen dat eruitzag als de aanvoerder. 'En ik ben de gevreesde Zurgh Zargh.'

'Ik ben Bert,' zei Bert.
'Ik ben Bart,' zei Bart. 'Cool ruimteschip.'
'Dank je,' zei Zurgh Zargh.
'Gave kanonnen ook,' zei Bert.
'Het zijn speciale ruimtekanonnen om mee te schieten,' zei Zurgh Zargh trots. 'Heel geschikt om planeten mee te vernietigen. Over vernietigen gesproken, wij hebben gehoord over jullie anti-Zurgh-vernietigingswapens. Mogen we ze stelen – eh, ik bedoel: zien?'
Bert en Bart keken elkaar even aan. Ze hadden het woord *stelen* duidelijk verstaan.
'Natuurlijk mogen jullie onze wapens zien,' zei Bert.
'Maar mogen wij dan eerst jullie ruimteschip zien?' vroeg Bart.
'Gezellig,' zei Zurgh Zargh. 'Kom maar mee.'

Bert en Bart en de Zurghs klommen het ruimteschip in. Aan de wanden hingen plaatjes van planeten.
'Moet je zien,' zei Bert. 'Hier zijn de planeten heel. En daar zijn ze kapotgeschoten!'
'Cool,' zei Bart.
Zurgh Zargh schudde bedroefd zijn hoofd.
'Arme planeetjes!' zei hij. 'Wie doet nou zoiets?'
'Wij toch, o Zurgh Zargh!' antwoordde de bemanning. 'Met onze speciale ruimte-kanonnen om mee te schieten!'
'Ha! Ha! Stel je voor!' lachte Zurgh Zargh. 'Wij planeten vernietigen! Eh... stukje vliegen?'
'Leuk!' zeiden Bert en Bart.
Het ruimteschip vloog een stukje door de ruimte.
Bert en Bart genoten van het uitzicht. Toen de Zurghs even niet opletten staken ze stiekem hun hoofden bij elkaar.
'Volgens mij willen de Zurghs de aarde vernietigen,' fluisterde Bert.
'Cool,' fluisterde Bart.

'Jammer dat het ze niet gaat lukken,' zei Bert zacht.

'Want wij gaan de aarde redden,' fluisterde Bart.

'Met onze anti-Zurgh-vernietigingswapens,' vulde Bert aan.

Even later landde het ruimteschip weer op het huis. Bert en Bart en de Zurghs gleden de tuin in.
'Ziezo,' zei Zurgh Zargh toen iedereen weer overeind stond. 'Mogen we dan nu jullie anti-Zurgh-vernietigingswapens zien?'
'Van ons wel,' zei Bart. 'Maar ik denk dat het niet mag van onze moeder.'
'Ze heeft ze afgepakt,' zei Bert.
'Waarom stelen jullie ze niet terug?' vroeg Zurgh Zargh.
'Daar waren we net mee bezig toen jullie kwamen,' zei Bart.
'Ze zit erbovenop,' legde Bert uit.
'Zullen we haar vernietigen met onze speciale ruimtekanonnen?' vroeg Zurgh Zargh.
'Cool,' zei Bart.
De jongens keken elkaar weer even aan.
'Maar we hadden een ander plan,' zei Bert.
'Hebben jullie niet een soort pistool en als je daar iemand mee zapt kan hij een poosje niet meer bewegen, zodat je dan rustig anti-Zurgh-vernietigingswapens onder die persoon uit kan pakken?'

'Je bedoelt een pauzezapper,' zei Zurgh Zargh. 'Natuurlijk hebben we die. Hier!' Hij gaf Bert een klein apparaatje. 'Je mag de mijne wel even lenen.'

'Heeft hij ook verschillende standen?' vroeg Bert.
'Twee,' zei Zurgh Zargh. 'Korte pauze en lange pauze. Je kiest een stand en dan zap je. Probeer maar eens.'
Toevallig keek juist op dat moment Felicity

over de heg om te zien of Bert en Bart misschien weer iets of iemand aan het knuffelen waren.
'Joehoe!' riep ze. 'Jongens! Wie zijn jullie vriendjes?'
Bert zapte haar op een lange pauze.
'Cool!' zei Bart.
'Tijd voor plan S.P.!' zei Bert.

8 ZAPP!

Bert en Bart slopen naar binnen. Viola zat nog steeds bovenop de gootsteen-plopper en de stofzuigerbuis. Bart had de pauzezapper, want Bert had Felicity gezapt, dus nu was het zijn beurt.

'Welke stand zal ik kiezen?' fluisterde Bart.

'Doe maar kort,' fluisterde Bert terug. 'Dan kan ik zo ook nog een keer.'
Bart zette de pauzezapper op *korte pauze* en zapte zijn moeder.

Bart kieperde Viola naar achteren. Bert pakte de gootsteen-plopper en de stofzuigerbuis onder haar vandaan. Plan S.P. had gewerkt.

De jongens lieten de wapens zien aan Zurgh Zargh.
'Onze anti-Zurgh-vernietigingswapens hebben ook twee standen,' legde Bert uit. 'Bij de mijne is stand één vermorzelen en stand twee verpletteren.'
'En bij de mijne is stand één vernielen,' zei Bart.

‘Of was het vernietigen?’ vroeg Bert.
‘Vernietigen is stand twee,’ zei Bart. ‘Stand één is vernielen.’
‘Je kunt dus kiezen,’ concludeerde Bert.

Zurgh Zargh bekeek
de anti-Zurgh-ver-
nietigingswapens
van alle kanten.

Hij gaf ze door aan zijn generaals en weten-
schappers.

Die onderzochten de wapens uitgebreid.

De wetenschappers en generaals schudden hun hoofd en gaven de wapens terug aan Zurgh Zargh.
'Maar Bert en Bart, we zien geen knopjes,' zei Zurgh Zargh. 'Hoe bedien je deze wapens?'

Op die vraag hadden Bert en Bart gewacht.
'Je doet alsof,' zei Bert.
'Alsof?' zei Zurgh Zargh. 'Waarom?'
'Omdat het leuk is,' zei Bert.
'En stel dat je de aarde wilt vernietigen,' zei Bart. 'Ik noem maar wat. Als je de aarde gewoon vernietigt, dan is-ie kapot.'
'Maar als je doet alsof, kun je de aarde zo vaak vernietigen als je wilt!' legde Bert uit.
'Zo vaak als we willen?' riep Zurgh Zargh. 'Dat zou fantastisch zijn! Maar hoe werkt dat "doen alsof" precies?'
Bert pakte de gootsteen-plopper en gaf de stofzuigerbuis aan Bart.

Zurgh Zargh en de andere Zurghs schrokken erg, want het bleven anti-Zurgh-vernietigingswapens. Ze doken weg achter alles waar ze achter weg konden duiken, en eentje klom in een boom.

'Wees maar niet bang,' zei Bert.

'We doen het alleen even voor,' zei Bart.

Vanuit hun schuilplaatsen gluurden de Zurghs voorzichtig naar de jongens.

'Klaar voor het gevecht?' vroeg Bert.
Bart knikte.
'Beginnen!' riep Bert. Hij richtte de gootsteen-
plopper op Bart en schoot.

Hij miste, want Bart dook weg. Terwijl hij dook schoot hij met de stofzuigerbuis op Bert.

Bert gebruikte de deksel van een regenton als schild. De schoten ketsten terug en troffen Bart, waardoor hij uitgeschakeld was.

'Snappen jullie?' vroeg Bert, terwijl hij weer opstond.
De Zurghs knikten aarzelend.
'Nu jullie,' zei Bart.

9 Het grote gevecht

Al gauw schoten de Zurghs met alles wat ze konden vinden. Ze zochten dekking, gebruikten schilden en maakten

schietgeluiden. Zurghs die het nog niet helemaal snapten staken hun vinger op. Dan kwamen Bert en Bart langs om het uit te leggen.

'Ik denk dat mama's pauze zo voorbij is,' zei Bert.
'Laten we haar ophalen,' zei Bart.
Ze tilden Viola in een kruiwagen. En ze parkeerden haar naast Felicity. Zo konden de jongens hen allebei makkelijk op pauze zappen, wanneer dat weer nodig was.

De Zurghs leverden intussen nog steeds hevige strijd.

‘Ik vind dat mama dit moet zien,’ zei Bert.
‘Misschien steekt ze er iets van op,’ zei Bart.
Viola begon juist weer te bewegen. Dit keer zapten Bert en Bart haar niet op een nieuwe pauze.

Viola was niet blij met het gevecht in haar tuin.
'Bert en Bart!' riep ze. 'Wat is dit voor gruwelijk geschiet? En wat zijn dat voor vriendjes?'
'Het zijn de Zurghs van de planeet Zurgh uit het verre sterrenstelsel Zurgh,' legde Bert uit.
'Ze kwamen de aarde vernietigen,' zei Bart.
'Maar nu doen ze alsof.'
Een langsrennende Zurgh trok een vel papier met LIEF DOEN van een boom en begon ermee te schieten.
Viola kreeg een wilde blik in haar ogen.
'Niet in *mijn* tuin!' riep ze uit. Ze sprong op Bert af en griste de pauzezapper uit zijn hand.
'Rustig, mam,' zei Bert. 'Denk aan je boek.'
'Wat stond erin over schieten?' vroeg Bart.
'Eh...' zei Viola. 'Daar kan ik even niet op komen.' En ze zapte Bert en Bart op pauze.
Bert en Bart konden zich niet meer bewegen, maar ze zagen en hoorden nog wel wat er gebeurde.
Viola zwaaide woest met de pauzezapper.
'Ruimtewezens!' gilde ze. 'Handen omhoog!'
De Zurghs hielden op met spelen.

ZAPP!
lief
PIEW
WIEW

‘Schieten is niet lief!’ riep Viola. ‘Daarom wil ik jullie wapens!’
‘Maar jij hebt zelf een pauzezapper!’ zei Zurgh Zargh.
‘En ze heeft Bert en Bart gezapt,’ riep een Zurgh.
‘Da’s niet eerlijk!’ riepen weer andere Zurghs.
‘Koppen dicht!’ riep Viola, met overslaande stem. ‘Ik ben ook niet eerlijk! Ik ben *lief*! Vriendjes? Pak!’

Terwijl Viola de Zurghs onder schot hield, verzamelden de vlinders alles waarmee de Zurghs geschoten hadden: tuinschepjes, een hark, een gieter, een grasmaaier, een tuinkabouter en nog wat dingen. Ze legden alles voor Viola op de grond.

'Ziezo!' zei Viola. 'Schieten doen jullie maar op je eigen planeet! Hier op aarde zijn we *lief*!'

10 Het leger valt aan

Op dat moment landdden er zwaar bewapende parachutisten in de tuin. Er doken soldaten op uit de vijver. Een tank stak de loop van zijn kanon over de heg. Op de loop stond de generaal. Het leger had gezien dat er ruimtewezens geland waren en was uitgerukt om ze te vernietigen.

'Coole tank,' zei Zurgh Zargh.
'Dank je,' zei de generaal. Hij schraapte zijn keel en riep: 'Ruimtewezens! Leg jullie wapens neer! Anders schieten we! Misschien schieten we sowieso wel!'
'Zij heeft onze wapens net afgepakt,' zeiden de Zurghs. Ze wezen naar Viola.
'Dame,' zei de generaal, 'mag ik dan uw wapens?'
Door de komst van de soldaten met al hun wapentuig had Viola haar laatste restje zelfbeheersing verloren.
'Natuurlijk niet!' riep ze. 'Ik ken jullie soort! Jullie willen schieten! En schieten is niet lief!'
'Daarom doen we het juist, dame,' zei de generaal. 'Maar ú mag het niet! Daarom vraag ik het nog een keer. Mag ik uw wapens?'
Viola richtte de pauzezapper op de generaal.
'Geen denken aan!' gilde ze. 'Ik wil júllie wapens! En snel!'

‘Mannen!’ riep de generaal. ‘Ontwapen die...’
De pauze van Bert en Bart was intussen voorbij. Ze zagen hoe hun moeder de generaal op pauze zapte. Daarna schakelde ze vrij eenvoudig een peloton speciale commando’s uit.
Parachutisten vielen aan van boven, maar de vlinders gaven Viola luchtsteun. Viola zette een tegenaanval in en zapte de soldaten in de vijver. Ze had het leger ongetwijfeld verslagen, als ze niet was gestruikeld over een bordje met *lief doen!* dat in het gras stond.
De laatste ongezapte soldaten sprongen boven op haar en bonden haar vast. De vlinders vingen ze met een vlindernetje.
Bert en Bart en de Zurghs gaven Viola een welgemeend applaus.

'Dat was klasse, mam,' zei Bert.
'Superklasse,' zei Bart.
'Maar was het lief?' vroeg Bert.

11 Het nog grotere gevecht

Zodra de pauze van de generaal voorbij was, wilde hij op de Zurghs gaan schieten. Want daar was hij voor gekomen.
Maar Bert en Bart legden uit dat de Zurghs alleen deden alsof ze de aarde vernietigden. Dat leek de generaal ook leuk. Dus toen deden ze dat het leger de aarde aanviel en dat de Zurghs

de aarde verdedigden. Bert en de gootsteenplopper waren bij het leger. En Bart en de stofzuigerbuis waren bij de Zurghs, anders was het niet eerlijk.
Het was de beste oorlog die ooit in de tuin was uitgevochten.

De Zurghs en het leger bleven eten. Na het eten ging iedereen weg.
'Gegroet, o Bert en Bart,' zei de gevreesde Zurgh Zargh. 'Wij gaan op alle planeten vertellen dat je kunt doen alsof.'
'Wij gaan het aan alle andere legers vertellen,' zei de generaal. 'En bedankt voor het spelen.'
'Het was leuk,' zei Bert.
'Kom nog eens!' zei Bart.
Felicity wilde met de Zurghs mee, maar daar waren ze nog niet aan toe.

Zo redden Bart en Bert de aarde van de Zurghs en de Zurghs van het leger.

Daarna werd alles weer zoals het was geweest. Met één verschil. Bert en Bart hadden nu een pauzezapper.

Tjibbe Veldkamp & Kees de Boer

Het was liefde op het eerste gezicht tussen schrijver Tjibbe en tekenaar Kees – wat hun werk betreft. In 2004 verscheen hun eerste prentenboek *Tim op de tegels*. Zeven prentenboeken maakten ze intussen, waarvan drie over het komische duo *Agent en Boef*. Vanaf 2009 werken ze elk met een helft van hetzelfde potlood.

Boeken van Tjibbe & Kees

Tim op de tegels **– bekroond met de kinderboekwinkelprijs, 3+**
Tim moet van zijn vader op de stoeptegels blijven. Dat doet hij braaf. Ook als stratenmakers de tegels op een vrachtauto tillen. Ook als de vrachtauto wegrijdt. Zelfs als een hijskraan de tegels de lucht in tilt.

Kleine Aap's Grote Plascircus, **3+**
Elke dag treedt Kleine Aap op in zijn Grote Plascircus. Hij kan het beste plassen van iedereen! Hij weet niet, dat Apelien een wel heel bijzondere truc kan...

Na-apers! **4+**
Jaaps nieuwe buren doen graag gek en wild. Jaap doet met ze mee. Dan vragen Jaaps ouders de nieuwe buren op de koffie. Zullen de buren ook nu gek en wild doen? En zullen de oppassers de ontsnapte apen nog vinden?

De verkipping, **4+**
De nieuwe boer wil dat de varkens meer eieren gaan leggen. Hij bouwt een verkipmachine en stopt varkentje 405 erin.

Agent en Boef **– bekroond met een Zilveren Griffel, 3+**
Boef ontsnapt uit de gevangenis! Hij steelt alle lijm van de school en plakt Juf en de kinderen aan het plein. Zal Agent Boef kunnen vangen?

Agent en Boef en de tekenstreken, **3+**
Boef ontsnapt weer! Hij steelt potloden en papier en gaat boevenstreken uithalen. Maar wat Boef kan, kan Agent ook...

***Agent en Boef en de Boefagent*, 3+**
Boef trekt het uniform van Agent aan en ontsnapt. Terwijl Agent hem achtervolgt in pyjama, verkleedt Boef zich steeds opnieuw: als schilder, als dokter, als brandweerman en als juf.

Andere boeken van Tjibbe Veldkamp

***22 wezen* – met illustraties van Philip Hopman.**
Bekroond met een Zilveren Penseel, 4+
Op een dag komt er een nieuwe directrice in het weeshuis. Ze stopt de 22 wezen in bed, zodat er geen ongelukken gebeuren. Dat bevalt de wezen niet! Op een dag zijn ze verdwenen. Wel zit er, gek genoeg, een olifant in de slaapzaal.

***Temmer Tom* – met illustraties van Philip Hopman, 4+**
Toms vader is bang voor dieren. Daar weet Tom wel iets op. Hij haalt een ijsbeer uit de dierenwinkel en temt hem. Die middag staat er een grote witte stoel bij Tom thuis...

***SMS* – bekroond met een Vlag en Wimpel, 10+**
Bas krijgt een sms'je van zijn dode moeder. Tenminste, dat denkt zijn vader. Bas zelf gelooft niet dat geesten kunnen sms'en. Maar wie heeft dat berichtje dan wel gestuurd? En waarom?

***Tiffany Dop* – bekroond met een Zilveren Griffel, 12+**
Tiffany Dop - bats veur de kop - is geen lieverdje. Op een dag krijgt ze een baby in handen gedrukt. De Tiffany die ze is met een baby bevalt haar onverwacht goed. Ze besluit zelf een kindje te nemen en gaat op pad. Met een beetje geluk is ze voor het eten zwanger.

Andere boeken met illustraties van Kees de Boer

Hannes **– Aart Staartjes, 4+**
Negen voorleesverhalen over de avonturen van een lieve, eigenwijze kleuter. Hannes gaat voor het eerst naar school, maakt kennis met de nieuwe buren en gaat op vakantie – met de fiets naar zee en zelfs een keer naar Afrika!

Verboden voor Sinterklaas **– Margriet Hogeweg, 7+**
Als Fier bij toeval ontdekt dat het verhaal van Sinterklaas niet meer dan een mooi verhaal is, besluit hij zijn ouders een loer te draaien. En ook zijn opa, die zich al jarenlang achter de witte baard van Sinterklaas verstopt!

Wolfje **– Claudia Jong, 9+**
Wolfje geeft haar geld voor een nieuwe jas uit aan eten en drinken voor een vriendelijke zwerver, Rooie. Dan vraagt Wolfjes moeder naar de jas. Wolfje en Rooie bedenken een plan om het geld terug te verdienen.

Dolfijnen voor Drakeneiland **– Lydia Rood, 9+**
Marisol gaat iedere ochtend in het geheim naar haar vrienden de dolfijnen. Wanneer de andere kinderen heimwee krijgen, blijft ze steeds langer in zee. Want de dolfijnen zijn haar enige echte vrienden, denkt ze...

www.tjibbeveldkamp.nl
www.keesdeboer.com

Lees alles en meer over Bert en Bart op
http://bertenbartavonturen.blogspot.com